일진의 크기

일진의 크기

글 | 윤필
그림 | 주명

3

네오카툰

차례

제15화

■

이
거
찾
냐?

쿡

쿡

쿡

쿡

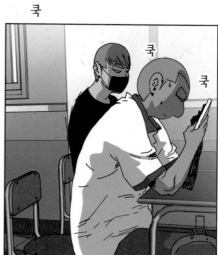

쿡

쿡

쿡

학진아.

소곤

응.

소곤

소곤

존나
찝찝하지 않냐?

응….

…저기 장신이 자식이

형규 녀석이 말은 안 했지만 그딴 짓 할 건 너희들밖에 없어.

지금은 증거가 없으니까 참고 있지만

한번 말실수라도해서 걸리기만 해봐 새끼들아.

아 씨~.

없네~.

진짜 없냐?

분명히 여기 안에다 뒀는데~.

스윽

...

몇 시간 만에
일어났네.
화장실 갔나보다.

영민아.
이래도 되냐?

있는지 없는지 가방만 잠깐
확인해보는 건데 뭐 어때?
도둑질도 아니고.

저 자식들
뭐 하냐?

…

대식!
잠깐만.

이건 좀
잘 엮을 수
있겠는데?

어이!

퍼억

수업
종 쳤는데 뒤에서
뭐 하니?

빨리
자리에
앉아야지.

엇!
새로 오신
사문쌤.

아…

…혹시
장신이?

…누나?

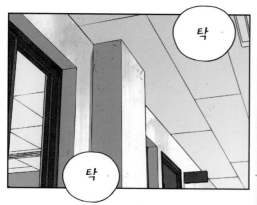

탁

탁

탁

탁

…

새로운
사문쌤이
누군가 했더니

진주 누나일
줄은 몰랐네….

…

장신아!

장신아~.

오늘 이렇게 만나게 되네.

…그런데

장신이는 마지막으로 본 이후로 거의 안 컸구나.

아니… 오히려 좀 더 작아진 느낌이…

스윽

앗!

… 종 쳤네.

벌 떡

야! 대식!
학…!

장신아.

장신아.

장신이 맞지?
잠깐만.

큭…!

…진주 누나.

예전
친구들 덕분에
잘 지냈죠.

쉬는 시간 끝나고
앞으로도 지금처럼

친구들이랑
잘 지내려고요.

대식!
학진!

너희들…

탁!

너희들
그래도…

그래도
나랑 친구였잖아.

이건
너무 심한 거
아니….

푸훗!

큭!

어떤 새끼야!

아! 진짜~ 최장신 또 너냐?

우리 친구들 건드린 게?

제16화

■

얘기 좀 할래?

최장신
이 자식

오늘 잡히면
죽는다!

우리 너무
일찍 온 거 아냐?

먼저 튀면
어떡해? 미리
잡아야지.

어?

나왔다….

역시!

이 자식
도망가려고
먼저 나왔구나.

일단 잡….

야야~
잠깐만.

뭐야?

…

…왜?

또
처발릴까봐
자신없냐?

푸욱

후우

아놔~
또 말릴 뻔했네~.

크크크.

야! 저 새끼
말빨 존나
좋지 않나?

…첫.

다이 뜨는 게
정정당당하고
남자다운 거냐?
그건 너 혼자 하시고.

너가 아직도 잘
모르는가본데.
정신 좀 차려라
장신아~ 응?

넌 이제 학교에서
도둑놈에~ 왕따에~

너 학원비
책상 위에
놓고 갔더라?

어?

으… 장신이한테
미안해지는데~.

오늘
학교 나오려나?

글쎄?

어제 좀
많이 맞았으니까
안 나올 수도….

덜컹

넌 오늘부로 빵셔틀 하지 마.

다른 거 시킬 때까지 기다려.

응?

어이~

장신.

빵 하나 사와.

빨랑~ 빨랑~
또 같이 놀까?

흐흐~.

…한 번만

…

한 번만 더
그딴 소리 하면

죽는다.

어이~ 장신.

빵 하나
사와.

한 번만 더
그딴 소리 하면

죽는다.

씨익

장신아.

못 들었냐?
빵 하나
사오라고~.

이런…!

벌떡

장신아.

또 처맞기 싫으면
빨리 튀어가라고~.

…!

너희들 지금
뭣들 하니?!

무슨 장난을 그렇게 해?

진짠데요? 와~ 억울하네.

…

…선생님.

정수랑 장난친 거 맞아요.

거봐요. 장난친 거라니까.

아무튼 이제 곧
수업 시작이니까
준비해야지!

크크.

애들아 가자.

네~ 네~.

소곤

...장신아.

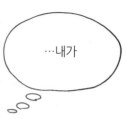

…내가

부들

부들

내가
쫄다니

부들

부들

겨우 저런
녀석들한테!

…

정수야 이따
끝나고 저 자식
다시 칠 거지?

아니?

한가하냐?
오늘은 다른 일 있어서
끝나고 갈 건데.

…그리고

저 자식 이제
같은 반 놈들한테
셔틀 공인이야.

또 개기면
그때마다 한 번씩
길들이면 돼.

…

와~
정수야 너

진짜
악랄하다.

ㅎㅎ~
디질래?

힐끔

힐끔

...

장신아.

나랑
얘기 좀 할래?

저 지금 바빠요.
먼저 갈게요.

장신아
너 혹시⋯.

친구들이랑
무슨 일 있니?

쳇!

무슨
상관이에요?

저 가요.

정수 자식들 오늘은 끝나고 안 왔네.

열 받아 죽겠다….

…이제 앞으로 어떡하지?

한 놈씩 덮칠까?

욱신

큭!

이번엔 또
이 자식들이야?
쌍!

이제
도망 못 간다.
이 새끼야!

야~
설마 설마
했는데.

다시 봐도
신기하네.

천하의 최장신이
이렇게 될 줄
누가 알았겠어?

제17화

■

잘나갔다며?

자… 잠깐만!

성큼

성큼

아악!

…

앗!

치사한 건

아야!

우르르
몰려다니는
너희들이지.

엄살 피우지 말고
떨거지들 데리고
빨리 꺼져.

으으~.

난 저 자식한테
볼일이 있으니까.

너…

너한테 멋지게 까이고 나서 내가 느낀 게 좀 많았어야지~.

신세 진 것 좀 꼭 갚아주려고~ 알아?

…그래서 몇 년 전 일 때문에

우리 학교로 전학까지 왔냐?

큭.

푸핫!

설마~.

아버지 일 때문에 전학 온 곳에 우연히 네가 있었을 뿐이야.

애들한테 대충 들었는데 너 이제 완전 ×됐다며?

뭐 지금 꼬라지를 딱 봐버리니까

완전 김새버렸다.

다다다

다다다

다다다

...

뭐야~ 이 새끼야.
미안하다고 했는데.

?!

왜 쫄고 그래?
내가 뭘 했다고~ 응?

이…
이게!

너희들이
뭘 하고 놀든지
상관은 없는데

다시 한 번
가만있는 사람
건드리면

그때는 너희들
다 디지게 맞을 줄
알아라~.

조용히 지내자 우리.
알았지?

이 자식이 지금
지하고 일짱인가?

재홍이 너는 지금
내가 무슨 얘기 하는지
잘 알 테니까 긴말
할 필요 없을 테고···

어때?
같이 해볼래?

···

싫은데?

그리고 너
최장신이 병 걸려서

어부지리로
짱 먹고 있는 거잖아.

내 말
틀리냐?

쳇!

욱하고 열 낼 줄
알았더니….

짜식~
생긴 거하고 다르게
안 넘어가네.

야
민재홍

네가 우리랑
어울리든 말든
그건 네 자윤데

대신에…

정수야
잘 가~.

후~.

야! 어제 일
들었냐?

컥!

쿵

너도

섭섭하게
생각하지 마라
새끼야!

퍽

퍽

퍽

퍽

퍽

다 일진 놀이였다는 것을.

일진 놀이는
너희들끼리
잘 해처먹으라고.

이 비겁한
새끼들아!

그런데 진짜
배고프긴 한데~.

대식아
여기 셔틀
누구냐?

어? 아~!

야! 빵윤식!

빨랑 튀어가서
빵 하나 사와.

응, 알았어….

다다다

빵!
아니···

윤식아.

하지 마.

제18화

■

웬 오지랖이야?

하지 마라.

빵셔틀.

…풋!

크하하!

끝나고 최장신이랑
같이 우리하고 놀던지.

어? 뭐야~?

어? 최장신 빠셔잖아?

응? 아니야.

지금은 대식이 셔틀일걸?

크~ 진짜?

일진은 바뀌어도 한 번 셔틀은 평생 셔틀이네.

크크크.

불쌍한 새끼.

안 해!

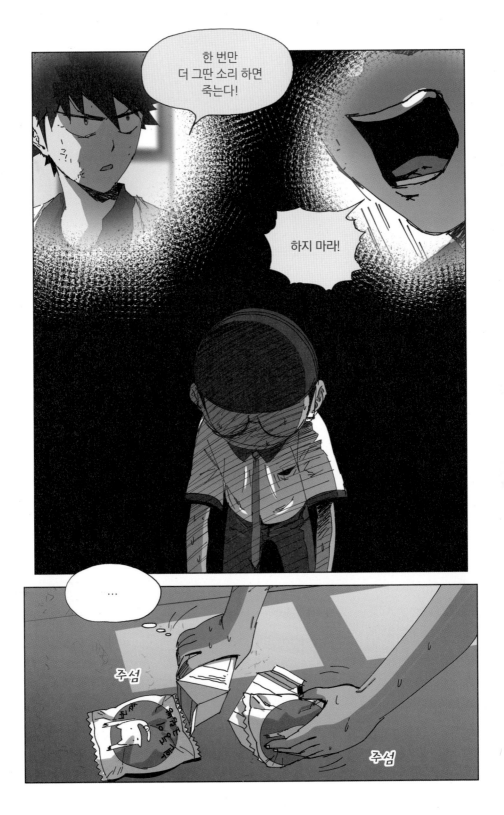

울버린⋯ 아니 노구식 선생님
대신 수고해주시러 오신 분이라
더 챙겨드리고 싶은지도
모르죠.

노구식
(37세)

좀 막역한
사이라.

두 분이 많이
가까우셨나봐요~.

하하~ 네.

크윽!
벤치 프레스
150kg!

오옷!

앗!

뜨악!
벤치 160kg!

아주 각별한
사이였죠.

212!

김 선생님 많이
힘들어 보이시는데
이제 그만⋯.

213!

214!

노 선생님
얼굴색이
안 좋으신데

좀 쉬시지 않고⋯
누우면 편해요~

144

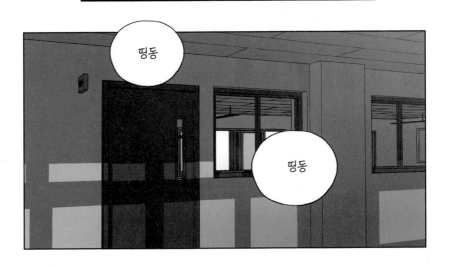

후우.

내가 튈까봐
계속 쳐다보고
있군….

…쳇!

니 꼴이
참 우습게 됐구나
최장신….

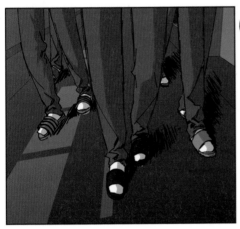

뭐야~ 저거?

사문쌤이랑
같이 어디
가잖아?

아우~ 저 자식
꼰지르는 거 아냐?

헐~ 쪼잔하게
그러면 안 되지~.

젠장!
튀었네.

대식!
무슨 일 있었냐?

아니
별일 없었는데….

아!

저번에
장신이가 사문쌤한테
누나라고 하던데….

둘이 원래
아는 사이 같더라고~.

그래?

와~ 이렇게
앉아서 얘기하는 거
참 오랜만이다 그치?

여기는
이렇게 생겼구나…

두리번

두리번

상담실은
처음 와보니?

네…
뭐….

…

쌤…

아니…
진주 누나

쪽팔리게~.

그런 거
없어요.

내가
미쳤어요?

기분 나쁘네~.
저 그만
일어날게요.

아….

...

…장신아.

그래 내가
잘못 생각한 것
같아.

장신이 넌 어릴 때부터
친구들도 많고
리더십도 있었는데

누나가
실수했네.

기분 나빴으면
미안해 장신아.

…

…누나.

155

왜 왕따들이
상담실에 안 오고
선생들한테
안 꼰지르는지 알아요?

복수가 무서워서
그런 게 아니에요.

지가 셔틀이고
왕따라는 걸
인정하는 게

존나게
자존심 상하는
일이거든요.

요란하게 떠들면서
다 까발리려고
하면 할수록

당하는 새끼들은
자존심 때문에
입 꾹 다물걸요?

저 가요.

끼익

장신아~
잠깐만!

그리고…

애초에 도와달라고
말할 정도로
용기가 있는 놈이었으면
그런 일은
안 당했을 거예요.

탁

괜한 참견
하고 있어.

웬 오지랖이야?
쳇!

누나

누나
같이 가.

빨리 와
재근아.

헤헤.

장신아
다음번에는
누나한테 꼭 말해.
누나가 혼내줄게.

응.

어릴 때
부모님이 맞벌이하시느라
집에 안 계실 때가 많아서

코 힝!

힝!

누나가
자주 돌봐줬는데.

...

꽈악

젠장!
하필 이럴 때
만날 건 뭐야?

난 이제…

어떡하면
좋지….

밤에 잠을 설쳐서 늦게 일어나버렸네….

어제는 상담하느라 얼떨결에 잘 넘겼는데

설마 오늘도….

피식

내가 이런 찌질이들이나 하는 생각을 하다니.

어떻게든
되겠지….

어~ 왔어?

제19화

■

죽
지
마

자~
이 반은 진도가….

자리가
몇 개 비는데….

반장
다들 어디 갔어?

장신이는…

학교에 늦게 왔는데
아파서 다시 병원에 간다고
조퇴했고요.

학진이하고
대식이는 장신이
바래다준다고
같이 갔어요.

무슨 병원 가는데
그렇게 우르르 가?

그럼 또
빈자리 하나는?

많이 아파서
그런 건지…
저도 잘 모르겠어요.

윤식이는

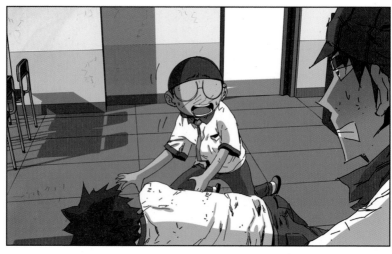

잘 모르겠는데요?

어떤 놈이야?!

엇?!

턱

턱

여기는…

캐비닛 안이잖아?!

어? 뭐야~?

생각보다
빨리 일어났네?

응? 장신아.

작아져서 좋지?
거기도 쏙
들어갈 수 있고.

그만 안 닥치면
죽여버린다!

크윽….

여어~.

어서!
쭈쭈쭈~.

아까처럼
해봐? 응?

쾅

쾅

그… 그만해!

쾅

쾅

미… 미안해.

요… 용서해줘.
내가 잘못했어.

다시는
안 그럴게.

내가 잠깐
어떻게 됐나봐.

앞으로 시키는 대로
다 할 테니까.

그런데
어쩌냐?

나는 이쪽 캐비닛한테
듣고 싶은데?

!!

사실 이 새끼도
너 때문에
괜히 엮인 거잖아.

예전 니 셔틀한테
안 미안하냐?

미…

미안하다.

내가 잘못했다.

…됐지?

이제 우리들
풀어줘.

오~
쏟아진다.

…

음….

싫은데?

뭐?

이렇게
엎드려 절 받기는
별론데?

진심이
안 느껴져.

야!
박정수!

비 많이 온다.
가자! 얘들아~.

아까부터 계속 캐비닛을 치고 있어…

어차피 소용없는데.

쿵

쿵

쿵 쿵

으윽… 내가 왜 그랬을까.

그냥 가만히 있을걸…

나한테는 어차피 그 새끼들이나

앞으로 학교를 졸업해도 그런 놈들 투성이겠지…

최장신이나 마찬가지인데

…

철컹

철컹

철컹

쌩!

철컹

철컹

×팔 놈들
안에서 문을 잠갔어!

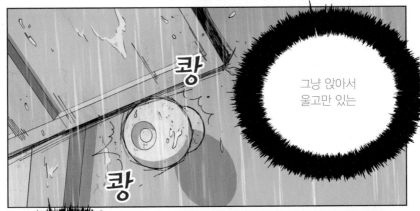

콰앙

난…

저렇게 할
자신이 없어.

스윽

젠장~
꿈쩍도 안 하네.

야! 윤식
너도 이리 와서
좀….

엄마 미안해….

나… 잘할 자신이 없어.

미안해 엄마.

쏴아아아

쏴아아아

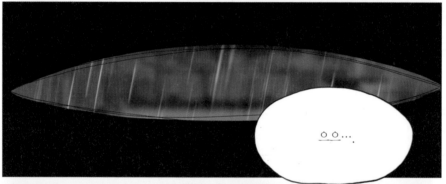

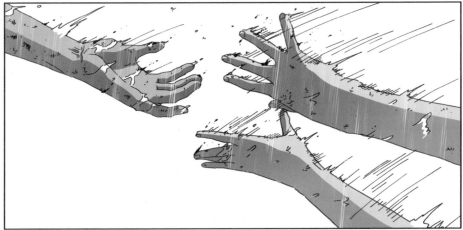

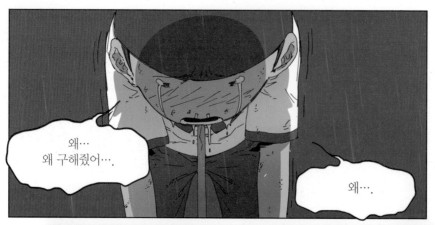

제20화

■

앞으로도 분발해라?

다다다

다다다

…

아까
장신이 새끼
봤나?

크크~
이제 완전 빵셔
됐던데? 대박!

얼마 전에
정수네한테
된통 당했다더니.

...

아까 비 와서
옥상 많이
젖었겠지?

에이~
옥상에서 쉬는 게
유일한 낙인데

바람이나
좀 쐬고
들어가야지….

...내가

내가 너한테
다짐할게.

…최장신?

학교에서
이 ×같은
일진들을

싸그리 다
없애버리겠다고.

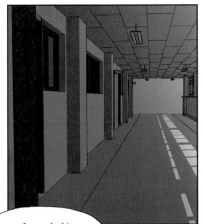

윽~ 맞다!
마지막 시간 체육인데
체육복 안 가져왔어!

네 것 좀
빌려줘라.

크~
×됐네?

지랄~.

으~
어떡하지?

237

고마워 짱신~
부탁할게.

…

올~.

평소 같으면
가만 안 있었을 텐데…

최장신답지
않네….

이제 별수
없다는 건가.

...

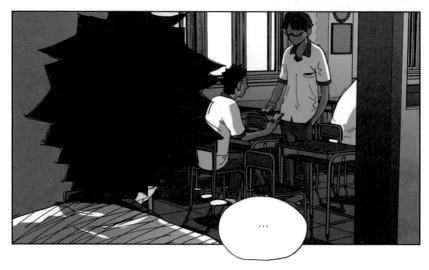

...

요즘 최장신
승률이 엄청 좋아.

거는 족족
딴다니까?

무조건
최장신한테
걸어.

푸핫!

대박!

요즘 복권 판매가
장난 아닌데?

요즘 안 하던
놈들도 하더라고.

올~
대식, 학진~.

…이게 다?

짱신! 앞으로도
분발해라? 응?

...

경기비는
좀 더 챙겨줄게.
ㅋㅋㅋ

응.

기분이다.
내가 음료수
쏜다!

올~.

짱신!

네 것도
하나 사줄게.
음료수 좀 사와라.

스윽

그래….

고맙다~.

형규야.

너
이거 봤냐?

응?
뭔데?

...

윽...
학원에
늦겠다.

스윽

형규야.

조만간 정수 패거리…

아니,

'일진'을 없애버릴 계획인데.

아무래도 나 혼자 힘으로는 힘들 것 같거든.

그래서 말인데…

내…

…내가 무슨 힘이
있다고 도움이
되겠어.

난 싸움도 못하고
그냥 평범한데….

…

내가 그 새끼들이랑
붙어 싸워 이겨봤자
소용없어.

어차피 딴 놈들이
그 자리를 차지하려고
할 테니까.

3권에 계속

일진의
크기 3

ⓒ 윤필·주명, 2015

초판 1쇄 인쇄일 2015년 7월 20일
초판 1쇄 발행일 2015년 7월 30일

글   윤필
그림   주명

펴낸이   정은영
책임편집   이책
편집   유지서 김보미 이수경
마케팅   이대호 최금순 최형연 한승훈
홍보   김상혁
제작   이재욱 김춘임

펴낸곳   네오북스
출판등록   2013년 4월 19일 제2013-000123호
주소   121-840 서울시 마포구 양화로6길 49
전화   .편집부 (02)324-2347, 경영지원부 (02)325-6047
팩스   편집부 (02)324-2348, 경영지원부 (02)2648-1311
E-mail   neofiction@jamobook.com
커뮤니티   cafe.naver.com/jamoneofiction

ISBN   979-11-5740-113-0 (04810)
          979-11-5740-110-9 (set)

이 도서의 국립중앙도서관 출판예정도서목록(CIP)은 서지정보유통지원시스템 홈페이지
(http://seoji.nl.go.kr)와 국가자료공동목록시스템(http://www.nl.go.kr/kolisnet)에서
이용하실 수 있습니다.(CIP제어번호:CIP2015019491)

이 책에 실린 내용은 2014년 6월 6일부터 2014년 8월 29일까지 다음 웹툰을 통해 연재됐습니다.